# 爬满状语从句的房子

义海 著

国际文化出版公司
·北京·

图书在版编目（CIP）数据

爬满状语从句的房子 / 义海著. — 北京：国际文化出版公司，2020.6（2022.4 重印）
ISBN 978-7-5125-1207-8

Ⅰ. ①爬… Ⅱ. ①义… Ⅲ. ①诗集－中国－当代 Ⅳ. ① I227

中国版本图书馆 CIP 数据核字（2020）第 075652 号

## 爬满状语从句的房子

| 作　　者 | 义　海 |
|---|---|
| 责任编辑 | 宋亚昍 |
| 封面设计 | 鸿儒文轩 |
| 出版发行 | 国际文化出版公司 |
| 经　　销 | 全国新华书店 |
| 印　　刷 | 三河市华东印刷有限公司 |
| 开　　本 | 880 毫米 ×1230 毫米　32 开<br>6.75 印张　　　　　　　100 千字 |
| 版　　次 | 2020 年 6 月第 1 版<br>2022 年 4 月第 2 次印刷 |
| 书　　号 | ISBN 978-7-5125-1207-8 |
| 定　　价 | 42.00 元 |

国际文化出版公司
北京朝阳区东土城路乙 9 号　　邮编：100013
销售热线：(010) 64271187
传真：(010) 64271187-800
E-mail: icpc@95777.sina.net

# 越来越难（自序）

如果算上我在国外出版的英文诗集，以及我自译的中英双语诗集，这应该是我的第七本个人诗集；回想近四十年的诗歌创作，就数量来看，这大概是一个不差也不好的成绩。

最近几年来，虽然没有刻意改变自己的写作风格，虽然未有很特别的外部因素使我的诗歌创作发生剧烈的转向，虽然我的诗学观也未曾出现革命性转变，但当我编完这本集子时，收入这本集子里的诗作与我十年前的、二十年前的、三十年前的相比，还是可以看出一些明显的变化。当然这种变化首先应该是岁月造成的。随着时光的流逝，一个人对世界、对生活的感知方式、情绪反应等，自然会悄悄地发生变化，而这种变化不可能不反映在诗歌创作上。

不过，回看自己近四十年的诗歌创作历程，透过前后的诗风的渐变，还是可以看出，有很多本属于我自己的东西，始终没有变；换言之，我的诗歌底色前后大致是如一的。

你是谁就写怎样的诗歌。我觉得我始终不是一个"纯正"的诗人，各种身份——诗人的身份，学者的身份，译者的身份，各种社会角色的身份——让我有一种强烈的撕裂感；同时，这种撕裂又会折射到我的诗歌创作中。比如，学术与诗歌在我的身上极其强烈地冲突着。大概在二十年前，我在自己的"诗人自白"里写得最多的一句是：唯有学术使我忘记诗歌，唯有诗歌让我忘记学术。收入这本诗集的作品，大多数也是我在完成国家社科基金项目《理雅各〈西安府景教碑〉汉译与多元系统中的景教研究》过程写成的。景教（Nestorianism），即唐代基督教，一个很冷僻的研究领域，我所做的研究是唐代景教碑碑文在17世纪至20世纪初西方语言中的译介与传播，所涉及的材料，主要是中国古代文献，以及英语、法语、拉丁语的文献。很难想象，上半夜时，我是个引经据典、钻故纸堆的学究，下半夜却要做一个性情的、幻想的、浪漫的诗人；上半夜追求的是学术的严谨，逻辑的周延，下半夜则渴望打破语言的规则，让名词开花、副词鲜艳；上半夜像个在教堂的地下室里偷偷研究炼金术的满脸严肃的修士，下半夜则是一个希望在感性的花园里将自己迷失的王子。所以，我几乎所有的诗歌都是写于凌晨一点到三点之间。感到欣慰的是，在我编辑这本诗集时，我所承担的国家社科基金项目经过前后约五年的研究，终得结项。

你是谁就怎样写诗。虽然近些年我的诗风发生了一些变化，但如我前面所说，我的诗歌中始终保持着一种未变的底色。我早期的诗歌除了受到中国传统诗歌的影响，对浪漫主义以来的许多流派都有吸收，当然，对我影响最大的恐怕还是英美意象主义和法国超现实主义；不过，贯穿我的创作始终的应该是唯美主义。最近几年由于与美国新英格兰地区的新田园派诗人（New Pastoral Poets）交往频繁，表现在诗歌创作上则是更加重视向内心的开掘，以及对自然的感悟，在最常见的自然现象中寻取属于我自己的表现视角。

你是谁你的诗歌就呈现什么样的语词色彩。回看我所有的诗歌，发现语言在我的诗歌中有着很高的地位。语词的质地、语词的轻重、语词的韵律感，是我一直重视的。太阳下面无新鲜事，春天、花朵、白云，都是古老的，唯一新鲜的就是不同诗人的不同的表达。不存在脱离了语言的所谓主题，也不存在脱离了形式的所谓内容。就像一位诗人所说的，玫瑰被拆成花瓣后，玫瑰便不复存在；同样，诗歌的语言与诗歌所承载的一切从来都是密不可分的：不存在脱离了语言的内容，也不存在没有内容的语言。所以，尝试语词的各种可能性，追求属于我自己的语言风格，锤炼语言的炼金术，依然是我在这一本诗集里的追求。

当然，变化也是不可避免的。一是写得更少（当然发表得也就更少），二是更以一种强烈的怀疑主义的态度去写作：怀疑自己写的每一行诗，怀疑它是否能超越其他诗歌，是否能超越过去的自己。总之，我轻易不敢相信我在特定的情绪和情境中写的诗歌。诗歌本无所谓超越别人或自己，但是我还是坚持自己的直觉判断，在诗成那一瞬间，必然要做一个价值判断；在诗成两年左右，再做一次取舍。正是由于这样一种对诗歌创作的态度，这几年我的写作进展慢得惊人，不仅是写得慢，更是指修改的过程长。20世纪80年代到世纪末，是我写作的一个高峰期，速度快、"产量高"，一个晚上写十来首诗是常见的现象。而现在，已经不能做到每个月都创作诗歌。每次坐下来写作时，我会把前面所写的反复修改，然后再写下一首新的，每首诗的修改周期大约都在两年以上，有的会修改四到五年，修改的时间会是写作时间的十倍。我从来不用电脑写诗，诗歌一定得写在纸上。一首诗的纸面修改完成后，我才会将之电子化。很多诗最终被改得面目全非，有的诗改得只留下了几行，有些诗（大约三成左右）最终被我丢弃，我会在相应的纸页上打上一个"×"，这些则永远不会被电子化。这就是我在诗歌创作上的"洁癖"。总之，我秉持"好诗不厌千遍改"的旧训。不过，这次编辑这本诗集在某种程度上有点破例，2018年的一些作品未经两年以上"窖藏"也被收进来了。

　　一首诗往往是特定情境、特定情绪的产物，是直觉的定格，而直觉的一切自然有其不可靠之处。虽然华兹华斯认为"一切的好诗都是强烈感情的自然流露"（All good poetry is the spontaneous overflow of powerful feeling），但我还是坚信，一切的好诗须经无数次的"后虑"（second thought）。诗人写作固然是缘于情且要言其志，但是，当一首诗成为一个作品发表出去，它则已经脱离创作主体而成为一个独立的、封闭的文本存在；换言之，为了使一个作品能成为一个具有价值的独立文本，我们不能只相信写作时柏拉图所说的"神灵附体"时的直觉，而应把它作为一个艺术品来"打造"。

整理近几年的作品，我发现自己似乎不再追求早期的那种繁复的意象，而是更加追求一种简单；换言之，这本集子里似乎出现了不少"简单的"诗，或者是"简单的"表达。从一个角度看，读者可能会觉得我这几年的诗没有90年代的"深刻"。可是，在写作过程中，我发现越是"简单的"诗，越是不好写，写起来越是有风险。有简单而深刻的诗，也有复杂但肤浅的诗，我现在追求的似乎是前者。越是所谓复杂，就越是容易隐藏诗情和诗艺上的虚假；越是简单，你所表达的就越是无法躲闪。所以，简单的诗往往要艰难地写。而从我的整个诗歌创作历程看，我更是觉得越写越难，越写越不敢轻易下笔。

这本诗集总算是编定了。在一个文学已经被边缘化的时代，我们自然不会奢望诗歌会引起人们的关注。其实，有没有人来读这些诗歌，对我来说已经不很重要，重要的是，我已经在诗歌中走过，并把我的情与思用我的文字方式定格在这里。

义　海

2019年2月18日凌晨

# 目录 CONTENTS

越来越难（自序）　　　　　　　　　　　　*001*

## I. 装满风的房子

风（之一）　　　　　　　　　　　　*003*

风（之二）　　　　　　　　　　　　*005*

风（之三）　　　　　　　　　　　　*006*

风（之四）　　　　　　　　　　　　*008*

路　　　　　　　　　　　　　　　　*009*

水　　　　　　　　　　　　　　　　*010*

车　　　　　　　　　　　　　　　　*011*

小　花　　　　　　　　　　　　　　*012*

花累吗　　　　　　　　　　　　　　*013*

读　书　　　　　　　　　　　　　　*014*

有弯道的道路　　　　　　　　　　　*015*

无　题　　　　　　　　　　　　　　*016*

凉透了的心　　　　　　　　　　　　*017*

太湖边的橘子　　　　　　　　　018
因为我是在风中　　　　　　　　019

## II. 纸上的舞蹈

我希望有一所白色的房子　　　　023
一个人　　　　　　　　　　　　024
生　活　　　　　　　　　　　　025
办公室　　　　　　　　　　　　027
回到唐朝　　　　　　　　　　　029
失眠者的清晨　　　　　　　　　031
在一张白纸上舞蹈　　　　　　　033
只有透过伤口　　　　　　　　　034
诗酒十四行　　　　　　　　　　036
杯子睡了酒却醒着　　　　　　　037
在酒中失去的一切　　　　　　　039
在雾中迎来新的一年　　　　　　041
生命的长度究竟有多短　　　　　043
不要荒废夜晚　　　　　　　　　044
深夜，想起一场战争　　　　　　046
夜深了，我终于可以去流浪　　　049
只有在诗歌中我才能看清远方　　051
我希望时间能留下来　　　　　　053
我用整整一个晚上读我从前的诗篇　055

## III. 抽象的玫瑰

| | |
|---|---|
| 物　质 | *059* |
| 降　温 | *060* |
| 镜　子 | *061* |
| 银　饰 | *062* |
| 棉　花 | *063* |
| 抒　情 | *064* |
| 村　庄 | *065* |
| 米　酒 | *066* |
| 黄　酒 | *067* |
| 存在与虚无 | *069* |
| 主体与客体 | *071* |
| 相　反 | *072* |
| 轻与重 | *073* |
| 精神分析 | *074* |
| 抽象玫瑰 | *075* |
| 很多影子 | *076* |
| 文学史家 | *077* |
| 赤裸诗学 | *080* |
| 感伤主义的夜晚 | *083* |
| 门，是一堵有选择的墙 | *085* |

## IV. 季节的状语

| | |
|---|---|
| 有油菜花盛开的春天 | *089* |

003

| | |
|---|---|
| 初春三瞥 | *091* |
| 春夜喜雨 | *093* |
| 真正的春夜喜雨 | *094* |
| 是一滴天真的眼泪 | *096* |
| 春天的花 | *097* |
| 满地黄花堆积 | *098* |
| 考文垂郊外的春天 | *100* |
| 将忧郁向远方吹响 | *103* |
| 夜晚把我们抱在怀里 | *104* |
| 牵牛花的歌声 | *106* |
| 南风在北方的小站下车 | *108* |
| 走在秋天的花园里 | *110* |
| 冬天的花园 | *112* |
| 当春天是一个可以开花的假设 | *113* |
| 大地如此空空荡荡 | *115* |

## V. 高处的美酒

| | |
|---|---|
| 若尔盖 | *119* |
| 诺日朗 | *121* |
| 香巴拉 | *123* |
| 格桑花开 | *125* |
| 高原好酒 | *127* |
| 草原，我最美的床 | *129* |
| 半个月亮爬了上来 | *131* |

在甘南交乎凯山口　　　　　　*132*
我怀疑名词但我相信雪花　　　*133*

## VI. 被点燃的硬币

不小心我走进了一幅油画　　　*137*
走在一条荒街　　　　　　　　*138*
2014年4月9日的密歇根湖　　　*140*
布娃娃安　　　　　　　　　　*142*
春天的远足　　　　　　　　　*145*
在奥夸特城堡　　　　　　　　*148*
被点燃的硬币　　　　　　　　*149*
风吹乱了你的头发　　　　　　*151*
隔着玻璃　　　　　　　　　　*152*
梦中的电影　　　　　　　　　*154*
心中的云朵　　　　　　　　　*156*
你总会不停地问　　　　　　　*158*
但你没有来　　　　　　　　　*160*
但雏菊全告诉我了　　　　　　*161*

## VII. 北半球的雪花

甘南草原　　　　　　　　　　*165*
北半球的雪花　　　　　　　　*170*
寄月亮的人　　　　　　　　　*175*
月光妹妹　　　　　　　　　　*177*

| | |
|---|---|
| 用西班牙语画一幅画 | *179* |
| 去医院看毕飞宇 | *180* |
| 真正的饮者 | *181* |
| 三十一只猫 | *186* |
| 后　记 | *196* |

# I
# 装满风的房子

……天渐渐暗了

夜,把小树林轻轻合上

——《读书》

# 风(之一)

风,用她的纤纤素手
捏起一片花瓣
轻轻地放在我的窗台上
又轻轻地取走

站在窗前
我看见了远方
远方偶尔也看见我

当花瓣随风飘飞
我多么希望
我的家是在云里
远方就住在我的家里

风走了
又回来

她坐在花园的一角

手心里有一片

见过世面的花瓣

## 风（之二）

风装满了我的虚空
也装满了我的房子
风装满了我的杯子
也装满了我的忧伤

风吹过
吹走路上的叶子
也吹走了我的路

——多么希望
自己是一片叶子
住得离云更近
离办公室很远

## 风（之三）

河流真的会因为风改变流向?

我真的能被风送到远方?

风究竟住在哪里?

风睡着了是不是还叫风?


当河水在风中皱起它的眉头

有谁知道

它正酝酿着一个并不流动的阴谋?


风，能听懂我的疑问吗?

风，看也不看我一眼

风，径直向前走去……


……风，纵身一跃

从高高的山顶上跳进峡谷中

她的骨骼摔得粉碎

骨骼粉碎的风依然叫

——风

## 风（之四）

风，她犹豫过吗？
她什么时候犹豫过？

站在高处
我盯着风看啊，看啊
就好像
我真的看到了风

# 路

一条很小，很小的小路
在一片静谧的树林里
独自走着

风不能改变它的方向
鸟鸣也不能改变它的主意
它独自走着

它不从哪里来
也不到哪里去

它并不担心迷路
因为它自己就是路

# 水

杯子落地——
被摔坏的水
已经不再抵抗

明天的乌云
在河流的怀抱中
蠕动着灰色的裸体

小湖的眼中
蓄满了晶莹的泪
那是因为她太幸福

沙漠,嘴唇干裂
嗫嚅着
但已发不出这个音

# 车

那些铁

拼命地跑

越跑越快

看上去一点也不累

我坐在阳台上

喝着茶

看着它们

眼睛都看累了

## 小 花

她太瘦弱,瘦弱得像穿着紧身衣的开放

她不敢回应夜莺的歌声
她把头藏在 daffodils 的下面
只和很小很小的孩子说话
她用羞惭的眼神看湖水
风吹来
她只敢很轻很轻地点头

她太瘦弱,瘦弱得像穿着紧身衣的开放

## 花累吗

花累吗
水累吗
牵牛花爬那么高累吗

云累吗
天空累吗
风在吹刮了一夜之后累吗

大河日夜奔跑累吗
大地开完那么多花后累吗
人在死了之后还累吗

靠在一个睡着的名词上
我总爱问这些傻傻的问题

## 读　书

我在树林里读叶子
读树叶上鸟的字迹
读阳光
在林间空地上画出的图画
还有小动物们留下的浅浅的脚注

风吹林叶沙沙响
我不用翻书
风在替我翻书

……天渐渐暗了
夜，把小树林轻轻合上

## 有弯道的道路

有弯道的道路
很像大地的臀部

方向盘开始意淫
一转弯
看到了大海

大海
不管你说什么
不管你想什么

它都是大海

## 无 题

走过这片月光
我已是千疮百孔
河水已累
只有鱼儿还在游动

夜晚有很多名字
但人们只知道她是披着月光的女子
她走在我的叹息里
她要到河的对岸去

## 凉透了的心

初夏的夜晚
所有的雏菊都睡了
我们躺在草地上
看天上那枚月亮
看她凉透了的心

## 太湖边的橘子

这被绿叶抱在怀里的
火焰
很圆

这自然的美痣
这秋天的记号
这黄灿灿的火焰
在风中熊熊燃烧

把太湖的南岸照亮
并把太湖南岸的妹子照亮

## 因为我是在风中

这是秋天
所有的云都看见我
像一面透明的旗帜
在风中飘扬
像一面被风撕破的透明的旗帜

风,反复穿透我
穿透我的过去和现在
花已累
河水已经消瘦
风吹
我飘扬

这是秋天
白云远行
叶子搬家
泥土关门

我却要飘扬

因为我是在风中

## Ⅱ 纸上的舞蹈

一个人的时候

终于可以好好地看看墙上的那幅油画

然后乘着油画里的那只小船

去油画里的远方

——《一个人》

## 我希望有一所白色的房子

我希望有一所白色的房子
白色的墙壁
白色的窗户
白色的窗纱
白色的楼梯
白色的家具
白色的餐桌
白色的小猫
白色的下午五点钟
花瓶里插一朵红红的玫瑰

我希望有一所白色的房子
我坐在一张白色的椅子上
抬头看一朵白云
从我的门前飞过
低头喝一口
来自普罗旺斯的红酒

# 一个人

一个人的时候
我躲在一片叶子的背面
欣赏浑身的伤口
如徜徉在爱丁堡郊外的一座花园

一个人的时候
时间坐在一张扶手椅上
手里端着我亲手磨的咖啡
发呆……

一个人的时候
终于可以好好地看看墙上的那幅油画
然后乘着油画里的那只小船
去油画里的远方

# 生　活

你
不知道
我有多难

我的船
同时航行在两条河中
同时达到三个港口
向四个方向吹响它的汽笛

终于，在一个宁静的黄昏
我在一滴水里看见了我的脸庞
还有我脸上高耸的山岭
广袤的平原
草原上把黄昏吃进肚子的
羊群

其实，生活有时并不难
假如你能从手表里看到晚霞

假如你能从泪水里酿出蜜
假如你觉得头顶上的那朵云里
有一张属于你的床
假如你在看一幅油画时
以为自己是生活在十九世纪

## 办公室

一走出电梯
我就被写进了情节

一打开办公室
才发现我昨天并没有离开

电话一响
我才知道时间是个骗子

打开电脑
看巴黎还在不在那里

推开窗户
窗外的那群鸟已经换成了女生

咖啡煮好了
终于把物质煮成了精神

看着自己的一幅照片发呆
2005 年 7 月 8 日我在考文垂郊外

谁在敲门
是昨天的录音吗?

## 回到唐朝

一阵风
把我吹回唐朝
一定是醉了
要不然
那些海棠怎么都是用繁体写成？

唐朝是一把伞
总有那么多的人在那里避雨

风吹
叶落
走在长安古道
长亭更短亭
我给它们一一浇水

醉卧疆场
或是
醉卧客栈

风中飘来的几缕花香

并不足以盈袖

但回到唐朝就好

胡乱写几句

至少也是酒后的风景

## 失眠者的清晨

清晨，闹钟响了
我知道
我不必再为睡着白费力气了

拉开窗帘
太阳依旧无辜地照在
照在昨天的草地上
草地上的露珠
露珠，不知道她们
她们是睡着还是醒着

对着镜子
梳理夜间收获的白发
我很想试探镜子的深度
如试探一片挂着的水

这是不是春天的早晨并不重要
重要的是

所有的早晨都是用时间组装的
楼梯和昨天早晨一样无力
它不断地
转
折,转
折,转
折
是要证明
它还醒着

走到外面
看到旗帜升起来了
看它舒展的样子
一定是夜间睡了个好觉

## 在一张白纸上舞蹈

凌晨时分
在一张白纸上舞蹈
小草破土而出
小花轻轻开放
小鸟叽叽喳喳
小河蜿蜒流淌
薄雾中城堡露出
尖尖的塔
在一张薄薄的白纸上

凌晨时分
在一张白纸上铺满精神的颗粒

## 只有透过伤口

只有透过伤口
你才能看到一个人的内心

只有看看鞋底的老茧
你才知道所谓道路不过是一个伪命题

比如,羽毛
它有一颗铅做的心

比如,金矿
它有一个空虚的灵魂

比如,我
我总是在离开时抵达

就像
你总是在抵达时离开

事实就是这样

每个伤口的下面都藏着一个深渊

## 诗酒十四行

我们坐在
化学的两端
看风花雪月
落满花园

羽毛把鸟
带向远方
风把云朵
抱在怀里

端起杯子
才发现
水在岸上
岸在水中

消失的正在出现
出现的已经消逝

## 杯子睡了酒却醒着

南极睡了

北极醒着

杯子睡了

酒却醒着

花已经谢了

时间还在开放

有一种盛开

你永远闻不到她的清香

杯子睡了

酒却醒着

夜晚睡了

睡眠醒着

风吹把落叶吹走

留下伤口

我想用一个句号

止住伤口的流血

## 在酒中失去的一切

在酒中失去的一切

未必能从酒中找回来

——酒说

在酒中得到的一切

必将在酒中失去

——酒又说


杯子把眼睛睁得圆圆的

把天花板阐释成地板


谁都不知道夜晚是怎么离开的

就像

那只猫

离开时

并没有留下一张便条


酒；来

为的是

消;逝

## 在雾中迎来新的一年

在雾中
迎来了新的一年
雾中
月朦胧
花朦胧
我浑身的伤口趁机朦胧

道路,一点儿也不确定
它有时在地图上出现
有时好像消失到了地图的背面
有时它似乎会在原野上睡去
如果汽笛不把它们及时唤醒

我的前半生已经在雾中消失
我从一条看不见的路上走来
走上另一条看不见的路

看不见的路是最好的路

没有路的地方遍地是路

……新年的钟声从雾中传来
我看不见它
它也看不见我

世界是一只大口袋
里面装的全是雾
我在雾中迎来新的一年

感谢雾
——去年的伤口
已经模糊

## 生命的长度究竟有多短

生命的长度究竟有多短
我用露水量它
我用花香量它
我用鸟鸣量它

春天来了为的是离开
花开了为的是凋谢
我从明天来
手里捏着一枚昨天的车票

## 不要荒废夜晚

不要荒废夜晚

这昨天的金子

这明天的银子

这诗歌的玉

当夜晚从葡萄园的那边漫上来

我在窗台上摆满美酒

让情人们坐满枝头

要有星星

就有星星

要有萤火

就有萤火

要有平仄

就有平仄

要有孤独

就有孤独

白天为奴

夜晚称王

把在阳光下失去的一切

在月光下全都找回来

物质睡去时

精神醒来

我要回到草原

回到落满露珠的天堂

我要回到羊群中去

看着那些毛茸茸的血

梦见蓝天梦见白云

我要收集天堂里的露珠

把它们挂在黎明的脖子上

虽然物质还在呼吸

只要远山还在听我朗诵

我就会像一个幸福的国王

有夜晚

有草原

连孤独也很押韵

谁能成为夜晚的王

月光就是他的王后

## 深夜,想起一场战争

夜深的时候总要想起荷马
想起荷马唱过的那场战争
冷兵器时代的那场战争
让整个爱琴海热血沸腾
城楼上的女人
让铠甲下的血肉燃烧起来
荣誉在峭壁上开花
荷尔蒙在浪尖上嚎叫

战争——
只要是为女人而发起
硝烟也是芳香的

夜深的时候
我总爱回到那场战争
大海无边,战船浩浩荡荡
向着东方,向着特洛伊
向着"美"藏身的地方

用金属砍死金属

用肉体撕裂肉体

用硝烟吹散硝烟

就连无垠的大海

也惊悚于

从血液里迸溅出来的火光

为了一场性感的战争

神也在阵营之间忙碌

英雄在家破人亡后有了名分

杀声震天

血流成河

旌旗猎猎

在风中猎猎招展的

还有海伦迷人的长裙

英雄早已死去

但神话还活着

勇士已化为尘埃

但战争还活着

发生过的战争

永远不会死去
特别是在深夜的时候
它们会悄悄醒来

一场女神的战争
在很多世纪后
总让人在深夜时想起

## 夜深了,我终于可以去流浪

夜深了,我终于可以去流浪
抛弃阳光
提一篮子月光上路
消失在一个反问句里

流浪真好
把名字交给不认识的风
把姓氏交给路过的雨
把身体交给喝醉的路
用孤独换来很多远方
——词典里没有的远方
远方,像一支
永远抽不完的香烟
总在天边一明一暗

夜深了,终于可以去流浪
离开这被阳光宠坏了的村庄
我要用幻想在小河上架桥

让优秀的名词从上面通过

夜深了
我终于可以去流浪
离开倒映在水中的姑娘
把财富藏到云里
去比状语还要远的地方

只要天上有星光
我就能长出翅膀

## 只有在诗歌中我才能看清远方

只有在诗歌中我才能看清远方
看见今天坐在昨天的山顶上
看见雪花落满我的书桌
落在我刚刚写下的诗行

只有在诗歌中我才能看清远方
画在纸上的路更像路
被写出来的爱更像爱
开在诗歌中的兰花最芬芳

只有在诗歌中我才能看清远方
诗中的温暖最是苍凉
诗中的泪行最清澈
诗中的泪行一万年后也能流淌

只有在诗歌中我才能看清远方
看见远方消失在一片白雾迷茫

看见我在远方的雾中手捧玫瑰

看见我在雾中像你一样轻轻唱

## 我希望时间能留下来


我希望时间能留下来
我好想请 ta 吃顿饭
陪我散步
沿着我来时的路重走一遍

我希望时间做我的朋友
我给 ta 写信
在信封上贴上露水做的邮票
我希望 ta 能在秋天收到我的来信
拆开信封
里面还有玫瑰的香气

春天总是断断续续
欲望总是结结巴巴

我希望时间就坐在我的旁边
坐在这公园的凳子上
我好想伸出手

用我的指尖碰碰 ta 的指尖

但心里总是害怕

我希望时间能对我说点什么

但 ta 没有嘴

要么 ta 有很多嘴

但 ta 不肯说话

只是让风把叶子从树上摘下来

时间有时站在我的面前

像个没有脸的巨人

有时站在我的身后

我转身就能看到 ta 的背影

可是，我画不出 ta 的背影

我希望时间能留下来

只要 ta 留下来

我可以离开

## 我用整整一个晚上读我从前的诗篇

我用整整一个晚上

读我从前的诗篇

雪一直在下

雪地上

我看不清

哪些脚印是我的

哪些脚印是你的

我用整整一个晚上

读我从前的诗篇

只有帐篷外的草原

不肯睡去

只有它陪伴着我

还有它胸脯上的雪

我用整整一个晚上

读我从前的诗篇

诗中的夜晚

更像夜晚

诗中的雪

白得不像雪

读我从前的诗篇

读那些在小站上睡去的爱

读你的脸如读画出来的玫瑰

读玫瑰如读有花瓣的叹息

而叹息有了花瓣便不再凋谢

读着，读着

我在炉火边睡着了

只有夜晚独自醒着

读我睡着的脸

# Ⅲ 抽象的玫瑰

是在黄昏时分

一杯咖啡

把我喝光

——《主体与客体》

## 物　质

云不是物质

因为它会幻想

水不是物质

因为物质不会走那么远

酒不是物质

因为它会哭它会笑

我不是物质

因为我时有时无


风，一直在吹

它似乎想证明什么

## 降 温

降温了
你给时间穿上了棉袄
阳光下
看着自己的影子喝着咖啡
你周身的血液
一愣一愣的

落叶已经不多了
像是从《康熙字典》里
掉出来的异体字
但你还是努力把它们排在纸上
排成三行诗歌

温度真的很低了
但太阳还是圆的

# 镜　子

我总是问镜子里的我：
"有意义吗？"

镜子里的我也总是问我：
"有意义吗？"

## 银　饰

银子不会唱歌
穿在姑娘们的身上
银子唱出山谷里最动听的歌

这精致的冰凉
一碰见温软的肌肤
便开始歌唱

歌声里的星光
歌声里的月光
歌声里的酒香

翻过了一个山岗又一个山岗

## 棉　花

这些长在地里的云
用火一点便开始燃烧

这些洁白的火焰
它们把根扎在泥土的深处

想起四十年前
母亲教我捉棉铃虫

捉云里的虫子
捉火焰里的虫子

母亲不是诗人
她关心的是"工分"

但四十年后，我依然怀念
那些长在苏北平原上的云

## 抒 情

春雨穿过我的身体
落在大地上
雨落在大地上
大地便有了我的温度

这亮晶晶的抒情
让远山也温柔了下来

其实，只要很抒情
也可以没有阳光

# 村　庄

村庄宁静得像在镜子里似的
大地顺着烟囱升上了天空
在小河犹豫不决的时候
小木桥从它上面悄悄走过

大地顺着烟囱升上了天空
泥土变轻涂黑了天空的脸
村庄被安放在一面镜子里
狗吠一声镜子便融化一下

村庄被安放在一面镜子里
镜子里的晚霞镜子里的你
你看着我老去我看着你凋谢
你在镜子里面我在镜子外面

村庄宁静得像在镜子里似的
村后的小池塘是镜子里的镜子

## 米　酒

这水中的银子

被朦胧月色修饰过的银子

从夜的臀部流下来的银子

有甜味的银子

被歌声唤醒的银子

戴在风的脚踝上的银子

在午夜时分还醒着的银子

有一颗凉透了心的银子

让寨子里的所有房子无限温暖

## 黄　酒

它总爱被一层泥土包裹着
就好像
它是泥土深处长出的嫩芽

这粮食做的刀子
溶于水
在你的血管里穿行
附着在你的神经上
露出
最后的凶光

这刀子
被烛光修饰后
更加锋利

饮之
歌之
舞之

你这才渐渐明白

就算没有北风猎猎

也有刀光剑影壮士哀

其实,你并没有醉

醉的是江南

是江南的风

风醉醉江南

江南醉风醉壮士

这从坛子里开出来的花

装点了今夜南岸的大好河山

眼蒙眬

你终于看清

风骨江南

比江水滔滔

多

一滴

## 存在与虚无

汽车满载着空虚
行驶在天空下面

云紧咬牙关
把石头嚼碎
在河流的盲肠里
船在蠕动
船歌悠扬
把鱼喂瘦

我从哪里来
你并不知道
因为你不知道
你要到哪里去

路早已把自己迷失
哲学家走在路上
路不断地向他问路

在坚实的路面上
汽车满载着空虚

## 主体与客体

是在黄昏时分
一杯咖啡
把我喝光

是在酒醒时分
一阵风把我扶起
并送我回家

是在黎明时分
我才明白了
黑夜的动机

是在我把蒲公英放在嘴边时
我被一口气
送到了远方

# 相 反

诗人祁国说
他喜欢沿着马路的左边走
他要看看他究竟会遇到谁

我呢
我也喜欢沿着马路的左边走
为的是不让人看见我的背影

都看见过落叶从树上纷纷落下
有谁注意到叶子是怎么回到了树上?

## 轻与重

我经常看着一块石头
发愣
——它究竟有多轻

我也经常看着一朵云
发呆
——它究竟有多重

## 精神分析

用酒浇肥的力比多
盛开在一本书里

书的血压
掌握在鸟鸣的手里

如果有雪落下
注定是些被阳光撕掉的页码

但阳光最终把战场照亮,半朵
玫瑰,从废弃的坦克里探出头来

## 抽象玫瑰

盛开的过程
一共 45 页

大家最喜欢她的肌肤
上的一滴淡蓝的露珠

作为状语的春雨
落在一条翠绿的纬线上

不在时间的表层盛开
却幸福了感官的大好河山

很美
很晦涩

风是译文
雨是脚注

## 很多影子

很多,很多,很多,很多影子
在走动,走动,走动,走动着

影子有影子的血压
影子有影子的血糖

还有表情
还有心跳

也有欲望
也有崇高

影子们走在阳光下
欣赏着自己的影子

## 文学史家

从早晨到深夜
他都在城堡里
翻阅那些古卷

城堡是硬的
历史是软的
历史是冷的
传奇是热的

杯子里装着的是葡萄的血
反射着公元前的光

城堡的窗户很小
这让人们只看到敌人
看不见远方

有角度的阳光
只能让我们看到悲剧的局部

有冤魂才有司各特

如果那鬼是女的

历史也可以缠绵起来

吊桥放下

太阳升起

有车从勃艮第来

载着一个妩媚的阴性名词

他不断地还原着当年的场景

仿佛连阴性名词身上的香水味

也已经闻出

城堡很高

即使阳光照不到的地方

也有花朵盛开

于是，他才发现

不是星星太亮

是天空太黑

他白色的眉毛

成为白色蜘蛛网的一部分

他读着那些古卷

以及古卷里的尘土

尘土总会在灯光里弥漫开来

像飘在风中的一幅中世纪地图

## 赤裸诗学

1

露水

一滴到语言上

便发出"滋滋"的声响

2

每一朵花都有一个住址

每一个欲望都有一个名牌

每一种简单都有一个复杂的家

每一个复杂都必须像瓦尔登一样清澈

每一个韵脚都是藏在句子末尾的美臀

3

亚里士多德坐着

贺拉斯站着

布瓦洛靠在一棵树上

我坐在你的怀抱中

你坐在风中

你是坐在风中啊

于是,四个方向都在把你歌颂

### 4

每一次移行

都是一次判决

每一个音节里

都包含着氧气

每一个意象

都是名词之王

字里的肉

句子里的血

在午夜时分光焰万丈

### 5

光焰万丈啊

那可是乙醇的灯

把黑夜照亮?

6

用散文的抹布

把诗歌的窗户擦亮

站在窗前

可以眺望远方

7

当最后一丝精力都耗尽

这散布在清晨的符号

能不芬芳?

## 感伤主义的夜晚

比夜晚长出一截的是酒
比酒长出一截的是夜晚
比酒和夜晚长出一截的
是我的忧伤

我的忧伤沿着夜的楼梯上升
很精致
镶着金边
在夜的楼梯上熠熠生辉

有月光真好
我的忧伤便有了一个背景

月下的树
树上的月光
也有了一个共同的话题

忧伤真好

尤其是被树和月光谈到

## 门,是一堵有选择的墙

天使进来
魔鬼进来
南风进来

把一个"犹豫"关在门外

关上门
阳光的爪子
在门上抓呀抓
留下九点钟

九点钟瞬间就被风吹走了

当晚风用柔软的脚
在庭院里写出象形文字
门拿不定主意
只好在墙里面自言自语

特别是
门不明白
你为什么总站在它的面前
像站在地球的另一面

门，是一堵有选择的墙
总是
把不该放进来的放了进来
把不该关在门外的关在门外

门，是墙生出来的一个不听话的儿子

# IV
## 季节的状语

花园的东南角

有一座红色的房子

房子上爬满常春藤

像几百个纠缠在一起的状语从句

——《在考文垂郊外》

## 有油菜花盛开的春天

大地上金黄的油菜花

春天里芬芳的地图

地图上

住着蜜蜂和池塘

和池塘里洁白的云朵

和把云朵拆散的小鱼

和小鱼心中比小鱼还小的欢乐

山——

先被涂成鹅黄

后来又被涂成绿色

这些又小又嫩的花

居然能爬到高高的山岗上

他们爬上高高的山岗

居然一点也不气喘

我住在水边

油菜花住在对岸

坐船，渡河

为的是看一眼

那张粉嫩粉嫩的脸

## 初春三瞥

1

如果叶片上的那一粒晶莹
是泪珠
那是因为
大树已经感受到
泥土深处的痛苦

2

春天在郊外站台下车
见站台上空无一人
立马又回到了车上

3

一条小路
在丛林里穿行
时而出现
时而消失

显得

心不在焉

## 春夜喜雨

这子夜的酒
这凌晨的茶
有谁在喝?

花溅泪
总是在庭院的最深处
当一条小径有一副忧伤的身材

最精致的欢喜
没有笑声
最美的雨水
不是物质

当一场雨在诗歌里落下
春天才有了自己的节奏

## 真正的春夜喜雨

真正的春夜喜雨
含着高度的乙醇

在叶子的额头上
在花的胸脯上
在小溪的血管里
在山岗的头顶上
点亮一盏晶莹的灯

真正的春夜喜雨
下在唐朝
下在宋朝
清朝之后
它只是偶尔落下

春夜喜雨
滴答滴答
踏着平仄的脚步

来到我的屋檐下

在俗人的眼中是水
在诗人的杯中是酒

## 是一滴天真的眼泪

三月的雨
让泥土隆起
使湖水深沉
就连石头也有了非分之想

三月的雨
落在水里是涟漪
落在地里是春天
落在杯中是浓酒

落在我的脸上
是一滴天真的眼泪

## 春天的花

春天的花

最听话

春雨轻声细语

她们就跑遍天涯

春天的花

是画也不是画

画出来的芬芳

想擦也不忍心擦

春天的花

站在我的屋檐下

小小的雨,小小的晶莹

总能在黄昏时分找到她

春天的花

盛开的、芬芳的、跑遍天涯的马

## 满地黄花堆积

看着这满地黄花
我忽然想起宋朝
想起宋朝的芬芳
李清照的裙子
盖住了
整个山头
而山
这大地的激情
是来自泥土深处的冲动

午后的醉
使花园也无法醒来

花既谢
何论平仄
女已醉
最是押韵
而裙裾

在春雨的滴答声中

忽短忽长

三尺春雨

量遍天涯

踏着昨夜满地黄花

凭栏

望远

使我沉醉的不是酒

是园中的

一泓春水

水中的一轮新月

和那来自绍兴年间的一声轻叹

## 考文垂郊外的春天

1

满园春色关不住
关住的是冬天的仇恨
和一只太肥的猫

2

数花朵的人
数着数着睡着了

数花朵的人睡着了
在梦中数星星

3

我们永远不知道
种子在泥土深处
是怎么样想的

当一粒嫩芽破土而出

它的眼神却总是那么
天真

4

不管你从哪个方向来
你都是走在风中

当你遇见一条小河
你会禁不住大声喊出
对岸一棵雏菊的名字

5

花园的东南角
有一座红色的房子
房子上爬满常春藤
像几百个纠缠在一起的状语从句

6

就这样
在考文垂
在郊外的纪念公园
在一条小路的尽头
我坦然睡去
睡成一片绿茵茵的草地

虽然一棵大树

把长长的影子压在我的身上

但我并没有感觉到它的重量

## 将忧郁向远方吹响

牵牛花把一串羞涩的蓝
挂在窗前

一串羞涩的蓝
将忧郁向远方吹响

## 夜晚把我们抱在怀里

夜晚把我们抱在怀里

夜晚把富人穷人群山江河

戈壁森林谋杀恋爱湖泊

后悔恐惧花朵垃圾

帆船酒杯都抱在她怀里

夜晚把半个地球抱在怀里

看不见伤口

看不见恐惧

看不见道路

看不见明天

夜晚把所有的敌人也抱在怀里

我们甚至看不见天空

只看见天空的许多闪烁的洞洞

冬夜，夜晚把我们抱在怀里
躲在她的怀里我们还是很冷

在夜晚的怀抱里
有谁能像积雪一样睡去
黑色的奶水
把我的诗歌喂大
把我的忧郁滋养

夜晚把我们和雪都抱在怀里
夜晚把我们和酒都抱在怀里
夜晚把我们和月光都抱在怀里
夜晚把这首诗抱在她的怀里

夜晚把东半球和我抱在怀里
把半支未抽完的香烟抱在怀里

## 牵牛花的歌声

牵牛花,清晨五点半起床
提着一篮子的香气
走过六点钟的梯子
坐在七点钟的窗台上
让阳光把自己的小脸照亮

她的小裙子在风中飘扬
就这样
她坐在窗前唱
唱她夜里写下的
三首淡蓝的歌

她的歌声很柔又很轻
轻得只有远方才会听见

她唱给蜜蜂听
也唱给蜜蜂的影子听

……最好的歌只能唱一遍
最美的歌一定要耗尽生命

歌，唱完了
生命就结束了

看着这具芳香的小尸体
我仿佛觉得，她还在唱

## 南风在北方的小站下车

南风在北方的小站下车
站台很冷
阳光很矮
小站的眉毛上长满冬青
冬青上还积着白雪
被阳光一照
看上去像一些晶莹的犹豫

  一群南风
在北方的小站下车
像一群不会说方言的儿童
他们手上的罗盘
比他们自己还要淘气
他们滑行在冰面上
像一些没有上过学的燕子
有的掉进了冰窟窿
变成了快乐的鱼
有的滑到了河的对岸

消失在树林里

连同他们嘻嘻哈哈的野心

一群南风在北方的小站下车

这些温暖的异邦人

这些田野的小小启蒙者

## 走在秋天的花园里


走在秋天的花园里

一片叶子落在我的脚边

这秋天的第一片落叶

像一个受伤的元音

给夏天唱《安魂曲》


从北方来的风

把花园关上的门又推开

花瓣睡在秋千上

风把她们冻醒

冻醒后又睡着


花园也想到河的那边去

但花园的脚是粉红的

粉红的脚不便走路

只能看对岸的两棵柳树

在秋风中恋爱

走在秋天的花园里

没有 daffodils

没有从泥土里爬出来的鹅黄

风用冰凉的手指把花园轻轻捧起

读她脸上曾经的美丽

## 冬天的花园

尽管木栅栏关得紧紧
冬天还是住了进来
风摇晃着秋千
秋千上没有一丝花香

一些叫叶子的居民
和一些叫居民的叶子
分享着各自的秘密

黑云飞来,白雪飞落
冬天的花园睡了

雪无意把世界装点得很美
是我们的内心不够洁白

## 当春天是一个可以开花的假设

当春天是一个可以开花的假设
当我从虚拟的风中走过
途经最后一座被动语气的城堡
我听见郁金香的咳嗽
由远而近,紫的,红的,蓝的

当地雷在迎春花丛下发出轻轻的鼾声
当一只鸟儿的翅膀用钢铁做成
当一粒子弹在城市的上空模拟出微笑曲线
春天只是一个开花的假设

当戏都演完了
只剩下一副面具
停留在舞台的中央
舞台停留在大地的中央
面具的两只眼睛里
分别流出两行泪
一行是灰的

一行是黑的

就是春天也有被拦截的时候
花开不过是要证明它是个服从主义者

## 大地如此空空荡荡

大地如此空空荡荡
我怎能不在上面写满诗篇

天空的流云啊
我怎样才能为你找到一个家

夜晚啊
是我找到了你还是你找到了我

明天啊
是你走来还是我迎上前去

春天啊
你为什么如此骄傲而看不见我盛开

但我知道,在夜莺的歌声中
死去,尸体也是悠扬的

可是,大地如此空空荡荡
我有多少诗篇才能把大地写满

# V

## 高处的美酒

半个月亮爬了上来

把整个山谷

全都照亮

——《半个月亮爬了上来》

## 若尔盖

我打马走在若尔盖草原上
云打马走在我的头顶上
风吹来的羊
这些温暖的雪花
让草地不再寒冷
让湖水不再寂寞
让血液变得毛茸茸

若尔盖,若尔盖
你从哪里来
你衣襟上的那朵花
究竟叫什么花?

若尔盖,若尔盖
我打马从中宁那边来
山不走
水却流
流在班佑

经幡飘扬

白云猎猎

若尔盖，若尔盖

我问风

风问云

云消失在山的那一边

## 诺日朗

有谁能理解水的疼痛?
又有谁看到过水的骨折?
还有谁
能像水那样
把自己的前身和来世
从高处扔下?

山做不到的水做到
云逃走的时候
水站了起来

把自己撕碎
撕碎
撕碎
再撕碎
灵魂才能归于平静

是高高的石头把水变成了酒

是山把水中的火反复点燃

水,没有脚
所以它最能
奔跑

……神已经远行
只留下水
让它自己寻找出路

## 香巴拉

香巴拉

香巴拉

我的家

你在哪

洁白奶水

喂我

也喂马

香巴拉

梦的家

行走在

白云下

香巴拉

香巴拉

家在马上

马在天涯

香巴拉

雪花落
雪花开
开出
格桑花
香巴拉
香巴拉

## 格桑花开

格桑花开
草原,一夜之间
长满芬芳的宫殿

云骑着传说
从山的那边来
看花开
看草长
看羊肥

第一朵花
开在草原的中央

格桑花开
歌声不再入眠
歌声不停
歌声是天空的支点

花开，惊动神

神没有花美

我们崇拜神

神崇拜花

格桑花开

开遍天涯

格桑花开

开遍胸怀

鹰与白云齐飞

花把欲望点燃

欲望把草原点燃

花开，开遍草原的胸怀

开在风的脸颊上

## 高原好酒

好酒在午夜时分绽放
这盛开在杯子里的格桑花
把我的血液一滴一滴地照亮

好酒没有远方
好酒它自己就是远方

鹰是歌词
风吹
酒响
草原在唱

我被好酒高高举起

在一壶好酒面前坐下
坐下,这就有了一个家
肉体变轻
时间开花

石头在我的血液里慢慢融化

羊群在我的血液里渐渐长大


草原

醒着是草原

醉了更是草原


好酒在海拔 4000 米的地方开始燃烧

把灵魂里的水分蒸发掉

草原高

天更高

喝酒啊，喝酒

喝尽杯中的酒

还有酒中的星星


露珠，挂在杯沿上

要多静有多静

要多晶莹有多晶莹

## 草原,我最美的床

草原,我最美的床
冬天盖一层雪
夏天盖着羊

床上的雪
床上的羊
七月,床上油菜花芬芳

风中的床帘
挂在云端
挂在高出海平面 5000 米的地方
遮住你的胸脯
却遮不住我的妄想

当一群野马
从我的床上飞奔而过
马蹄声声把北风击碎
如我健壮的儿子

我的床离天空很近

在这一条最宽阔的大河
和那一条最宽阔的大河
之
间
这更加宽阔的床
这如你的胸脯一样起伏的床
我该用多少欲望
才能把你铺满

草原，我的床
床上洒满星光

## 半个月亮爬了上来

### ——在甘南

半个月亮爬了上来
真的是半个月亮
只有半个月亮

半个月亮爬了上来
把整个山谷
全都照亮

## 在甘南交乎凯山口

在交乎凯山口

一群穿过公路的羊

让汽车的心脏停止跳动

从一片草场

到另一片草场

翠绿的逻辑

被一些洁白的欲望连接起来

云要远行

血要吃草

天空只满足于碧蓝的孤独

当孤独蓝得让人流泪

谁用一片云

把眼角的泪

擦去?

## 我怀疑名词但我相信雪花

夜深了，我终于可以怀疑

我怀疑名词

但我相信雪花

我怀疑水

但我坚信酒的光芒已经把山顶照亮

夜深了，我终于可以怀疑

我怀疑真理

但我相信诗歌

我怀疑白天

但我崇拜有歌声的夜晚

用笔写出来的空虚

黑白分明

用心唱出来的歌

都能变成飞向远方的云

夜深了，我终于可以怀疑

但我相信

远处的那颗星星

有自己的情人

但我相信

草叶上的露水

不是因为哭泣

夜深了

草原睡在月光的怀里

我是睡在草原的怀里

# VI
# 被点燃的硬币

就这样

我们朝远处走去

走啊

走啊

硬是不让这条小路睡去

——《被点燃的硬币》

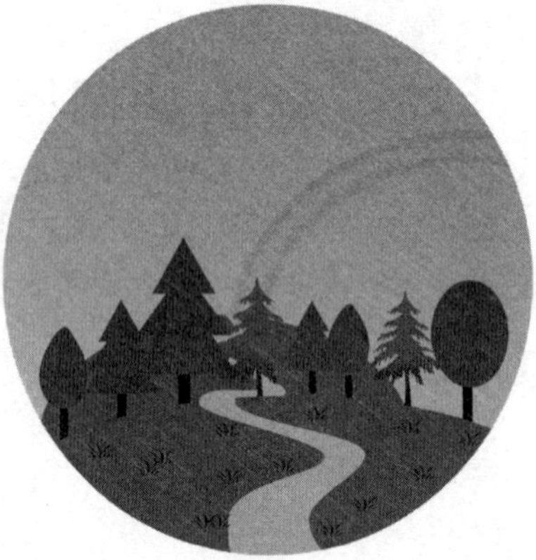

## 不小心我走进了一幅油画

当清晨漫过河堤

不小心

我走进了一幅油画

我被挂到了墙上

我迷失于

一条小路

小路迷失

在一片16世纪的白雾中

夜莺的歌声

从雾的深处传来

只要你不把油画翻转过去

你就能听见夜莺在不停地唱

并看见被挂在墙上的迷雾

和迷失在雾中的我

## 走在一条荒街

走
在
一
条
荒
街

伴随着
我的是
两张叶
子一滴
露珠和
无数的
虫鸣

走
在
一

条
荒
街

我是一个把衣服裹得紧紧的病句

## 2014 年 4 月 9 日的密歇根湖

春天是
漂在湖上的冰

尽管它们
模仿郁金香的歌声
但唱出来的却是辅音

水，很宽阔
正好可以把天空抱在怀里

抱在零下三度的怀里

至于天空中有没有春天
我问灯塔
灯塔不知道
像个旁观者

这高纬度的水

也把阳光抱住

让阳光动弹不得

……湖边只有一棵顽强的树绿着

离开之前

我还是禁不住走上前去

摸了一下

发现——

它是人造的

## 布娃娃安[①]

——《布娃娃安》《布娃娃安迪》译后

布娃娃安从楼梯上走了下来
她的手上捧着一束
从巴伐利亚采来的鲜花
鲜花上的露水用钻石做成
让烛光在露水里面安家

在楼下的客厅里
布娃娃安喝着我煮的咖啡
和我攀谈起来

她的父亲是普罗旺斯人
她的母亲是勃艮第人
他们在《破晓歌》里
怀上了布娃娃安

---

[①] 布娃娃安是美国经典儿童作家约翰尼·格鲁作品中的人物。作者曾翻译、出版过格鲁的《布娃娃安》《布娃娃安迪》《努姆仙境》《安妮姑娘讲故事》等作品。

她的爷爷乘着纸做的飞机

去了云里并在云里安了家

她爷爷的家

下雨时就到地上

晴天时回到天上


布娃娃安爱笑

总是笑得停不下来

布娃娃安不讲故事

因为她自己就是故事

她总是笑着

坐在很多人家的客厅里

听人们讲关于她的故事


……就这样

我们在桌子的两端坐着

咖啡还没有喝完

烛光却黯淡下去


布娃娃安夜里从来不睡

她最爱看着我们睡着

她最爱数

被窗户抱在怀里的星星

到了第二天晚上
她要把前天夜里数过的星星
再数一遍
就好像从来没有数过

布娃娃安问我为什么要做人类
我告诉她,因为
我的爸爸妈妈不是布娃娃
我的爷爷和奶奶也不是布娃娃

## 春天的远足

1

这是春天的第一个夜晚

六分像夜晚

四分像春天

2

二月春风的剪刀

把我的风衣

剪裁得如此忧伤

3

我们沿着艾汶河一直向前走

让小花们

在我们的前面走着

在我们的后面跟着

4

在上次舞会上认识的那朵水仙

已经学会在水边照镜子

5

花园在清晨醒来

并把所有的孩子从床上赶了起来

6

风带来的一切

被风带走

被风带走的一切

风并没有都带回来

7

清晨，露珠的元音

透明，若夜莺的卵

8

八点钟的阳光透过树叶洒在林地上

像一幅等待九点钟修改的草图

9

小鸟的歌声穿过窗帘传进来

但窗帘上并没有留下痕迹

## 10

清晨的小路刚从梦中醒来

看她弯弯曲曲的样子

像是又要寻找另一个梦境

## 11

风吹

叶动

风不吹

叶也动

## 12

村前的那座小桥太窄

我终于明白

为什么今年的春天三次从桥上经过

都没有成功

## 在奥夸特城堡

四月的黄昏

你坐在花园的一角

像个沃尔夫似的

看着掌心里的记忆

听水仙们

谈论你的身世

罗宾鸟把你的咖啡喝完了

你也不知道

你长裙上的玫瑰谢了

你也看不见

因为夜色已经降临城堡

因为你已经变成雕像

并用一颗雕像的心

怀念尼斯湖边上的那场离别

## 被点燃的硬币

你昨天还在维多利亚时代
今天黄昏就笑盈盈地
等在那棵柳树的下面
身上穿着用湖水做的裙子

月亮像一枚被点燃的硬币
在购买属于
你的
我的
夜晚

你抖一抖裙子
让小鱼游动起来

就这样
我们朝远处走去
走啊

走啊

硬是不让这条小路睡去

## 风吹乱了你的头发

风吹乱了你的头发
风把你的头发一根一根地吹乱

其实没有乱
所有的错误都井井有条地
摆在秋天的入口处

叶子落了一层又一层
但始终没有把我们坐过的地方盖住

## 隔着玻璃

隔着玻璃看世界

终于发现世界很平滑

鸟鸣一碰见玻璃

就滑了下来

隔着玻璃

我抚摸花香

抚摸带刺的玫瑰

隔着玻璃

隔着玻璃

雨声被修饰

被修饰过的雨声

把我的下午五点钟打湿

隔着玻璃

你会来吗

隔着玻璃

抚摸我冰冷的脸

隔着玻璃

看远方的山顶

把云的皮肤划破

流下晶莹的血

## 梦中的电影

每次梦见你
你都在看电影
看电影里的一个人在看电影
我看着你看电影

电影总是放不完
就像床帘
总在风中飘啊飘

雨，还在下
但我听不见
因为是在梦中

窗外的雨
梦中的雨
电影里的雨
雨中的电影
雨中的梦

雨中的窗外

那么悠长，缠绵
雨还在下
电影还在放
我是在梦中
梦见你看着电影
还有电影里的
雨纷纷

是我在梦中
还是你在梦中
还是梦中的雨
梦中的电影？

只要雨还在下
梦可以不醒来

## 心中的云朵

你说

你真的闻到了风的味道

你说

蒲公英妈妈的孩子一出生就会飞

你说

河水匆匆是要去寻它的情人

你说

桥梁其实是一个比喻

我们在上面

从这头走到那头

从那头走到这头

同样是一个比喻


你说

再长的夜晚

都可以用歌声去丈量

再美的花园也装不下一只夜莺的歌唱

你说

是罗塞蒂兄妹

送你上了那辆老火车

车厢的蜡烛

燃着燃着就变成了玫瑰

你说话的时候

眼睛里有蓝天

蓝天里有白云

我们顺着艾汶河走啊走

你啊,不停不停地说

于是我才明白

你的心中有很多云朵

## 你总会不停地问

沿着被雏菊修饰的艾汶河
我们从四月一直走到三月
不管我皮肤的下面有多少石头
我都希望
你穿着软鞋的小脚不会受伤

雨下了
像我们请来的客人
冰雹下了
像我们请来的粗野的客人

我们走过了一个叫"玛丽"的村庄
我们走过了一座叫"威廉"的城堡
我们蹚过了无数条小河
看见鱼儿在帮渔夫修补渔网

蒲公英为什么能生孩子？
喇叭花有没有声带？

菊花在夏天把身份证藏在哪里？
凤仙花冬天是不是乘船去了岛上？
玫瑰的脸什么时候是红的什么时候是白的？
风歇下来的时候是什么样子？
波浪停下来后水的力量是不是睡着了？

你总是不停地问
像只找不到枝条的小鸟

## 但你没有来

在第 9 棵树那里
我等了你 327 年

但你没有来

粉红色的石头已经变成蓝色的石头
第 4 棵树早就做了伯爵夫人

如今,她的墓还在树林的那一边
唱着普罗斯旺斯的《破晓歌》

与一棵柳树一样风流

## 但雏菊全告诉我了

你在花园的一角
把时间藏在那里
你以为我不知道
但雏菊全告诉我了

小花们走在春天的小路上
她们谁也不肯排队
你站在小路的尽头
并不阻止小花们爬上你的长裙

风吹，长裙飘
裙子上小花
想回到路上
但已经做不到

# VII
# 北半球的雪花

真正的饮者

走在押韵的楼梯上

上楼是一种韵式

下楼是另一种韵式

——《真正的饮者》

## 甘南草原

——给阿信

### 1

云在左边

孤独在右边

草长在天上

吃草的羊群

吃草也吃云

把云吃光

留下孤独

吃草的羊群

也把草叶上的阳光吃掉

### 2

酒在右边

孤独在左边

马奔驰在天上

人不醉

风醉

风不醉

云醉


歌声里的青稞酒

在七月最爱生长


### 3

一个叫阿信的诗人

赶着一头牦牛

牛背上驮着一桶酒


他的家在草原的深处

他的帐篷里有一个湖

叫"达瓦湖"


湖中有酒

酒中有诗


### 4

只要身上盖着云

就不冷


只要云停下来

草原就不饿

5

凡是能盛开的
都是格桑花

只要会唱歌的
都叫卓玛

凡是能装进杯子的
都叫海子

6

七月,高处的七月
经幡飘扬

神,很忙
云很悠闲

7

油菜花
在把山岗点燃之前
先把自己点燃

谁住在山上
是油菜花

还有她的妹妹

8
离海很远
离天很近

9
离灰尘很远
住在太阳的隔壁

10
半个月亮终于爬了上来
把你的血液照亮

11
牦牛睡了
星星醒着
星星睡了
露珠醒着

把星光翻译成安多藏语

## 12

在海拔 3000 米的地方哭

在海拔 3500 米的地方跳

在海拔 4000 米的地方唱


像个洁白的孩子，你

## 13

天很高

好给云一个家


草却把头低了下来

## 14

在当周山

走着，走着


风就排成了长队

## 15

风跟在你的身后

像 487 个儿女

# 北半球的雪花

## ——给顾城

### 1

一朵北半球的雪花

最终

融化在南太平洋里

### 2

激流岛是一片用石头做的叶子

你是叶子上的一粒露珠

露珠流泪

太阳看见

### 3

一个戴小布帽的影子

走在塞纳河边

很多影子在喝咖啡

喝咖啡的影子

看着塞纳河水发呆

### 4

你以为血就是玫瑰的颜色

你以为玫瑰就是绽放的血

于是,你犯了一个尖锐的错误

有的人宽恕孩子

有的人不

### 5

你用五个纽扣做你的夜晚

你用其中的一个夜晚入睡

你睡着了

夜晚却醒着

你把它的头按下

### 6

其中第三个夜晚是假的

它的爱情是走私来的

7

那天晚上我也在鼓浪屿
我的小船
在渔网里
活蹦乱跳

8

但我们还是错过了

因为所有的路灯
都戴着不精密的眼镜

9

又下雨了
这些窗玻璃上的泪滴
让我们重新变得天真

一夜之间,我们又回到了巴伐利亚

10

在格林兄弟的黑森林里
有一粒叫"阳光"的宝石
在雨天升起

女巫为了得到它

每天把自己撕碎三次

### 11

约好了

我们要一起乘鲸鱼去北欧

但在直布罗陀海峡

却被一个传说赶上了岸

那些柏柏尔女人真丑

你一下子躲进了老鹰的眼睛

### 12

地中海分为南和北

南边归亚历山大

北边归雅典

地中海也分为东和西

东边归诗歌

西边归哲学

爱琴海始终是梦的一部分

13

梦中有诗

诗中有梦


睡眠是一个被篡改了的程序


14

刚想打扫房子

就被猫梦见了


海在远方为自己辩护


15

在海边

你最终还是选择了放羊

看着那些吃草的诗歌

你终于变成了一朵

穿着棉袄的云

## 寄月亮的人

### ——给 XH

天凉了
菊花开了
白云从山那边飘过来了
寄月亮的人在桂花树下悄悄地醒了

他用方方的盒子
放进圆圆的月亮
他有很多很多盒子
因为他要寄很多很多的月亮

天凉了
稻子的头发黄了
河水的心也凉透了
远方收割白云的人从田野上回家了

他路过小小的池塘
一面蓝蓝的小镜子

炊烟是她的飘带

树林是她的眉毛

从小树林的后面

远方的人忽然看见

天边升起了——

一个月亮

两个月亮

三个月亮

很多月亮

## 月光妹妹

──给 XL

月光妹妹

一夜都没有睡

她把小河抱在怀里

像抱着一个流动的婴儿

婴儿的嘴里衔着很多星星

月光妹妹

在山睡着的时候醒着

五百年前她已嫁人

但今夜还做新娘

原野,一张没有温度的床

山死了就是活着

山活着就是死了

但月光妹妹还是依偎着他

她的裙纱被荆棘割破

她的眼睛里全是露珠

月光妹妹一夜都没有睡
她醒着哭着舞着唱着
她的歌声赋予风以灵魂
她的歌声从夜莺那里传出来
小花们在山坡上排着队等着下山

月光妹妹一夜都没有睡
她把毯子送给无家可归的人
自己却无力地靠在草房子上
当阳光把她抱起来的时候
她已经无法把眼睛睁开

月光妹妹一夜都没有睡
她没有睡秋夜更像秋夜

## 用西班牙语画一幅画
### ——给女儿

这些天来
女儿一直在用西班牙语画一幅画

每种色彩
都有它的根

每一声叹息
都要画好几遍

她把画放在盘子里端进来
还有一杯刚煮的咖啡

女儿渐渐长大了
但她的头发今年还是8岁

她爱画画
用元音，也用辅音

## 去医院看毕飞宇

吃过晚饭
去医院看毕飞宇

他的腰椎因为小说出了问题
在医院里做了手术

走进病房
床是空的

回到走廊
远远地看见他

在走廊的尽头
倚在墙上抽烟

抽着一支
腰杆笔直的香烟

## 真正的饮者

1

真正的饮者

醒来才发现

昨夜所写的诗句

并不是从坛子里倒出来的化学

2

真正的饮者

走在押韵的楼梯上

上楼是一种韵式

下楼是另一种韵式

3

他把渴望的舌尖

伸出窗外

饮今夜的

第一滴露

和清晨的

第一声

鸟鸣

4

他在黑夜中

下坠

下坠

在凌晨的寒气中

画一道

抒情的虚线

5

江边的小船

是他系在岸边的小鱼

随水而安

随鱼而欢

明天其实并不需要方向

6

真正的饮者

并不贪恋第一杯

他所钟爱的

是最后一滴

是那最后一滴把他送上云端

7

当他枕着朝阳醒来
才发现
裹在身上的
是还在沉睡的原野

8

真正的饮者把今天全部喝下去
明天不过是一只空空的杯子
装酒
或是装水
都由时辰说了算

9

纵有万顷波涛
还不是沧海一滴？

10

真正的饮者
不是死于液体
不是死于"世人皆醉我独醒"

没有兰花盛开的地方

他坚决不肯倒下

11

烛光摇曳

把窗外的一片雪地照亮

一定是这一杯

才让他明白

最美的诗句

可以不用修辞

12

真正的饮者

没有明天

13

真正的饮者

坐在时间的峭壁上

14

真正的饮者

即使穿着长衫

也是赤条条的一个汉子

15

杯子已醉

酒还醒着

风已停

叶子还在飘扬


16

真正的饮者

并不担心找不到回家的路

因为所有的鱼都是他的船


17

……饮者已死

他的墓碑用液体做成

## 三十一只猫

1

猫从高处下来

并不是也可能是为了再回到高处

一条不规则的逻辑的曲线

在时间的坐标里上下浮动

2

正午十二点

猫睡在高处

像一个被安放在架子上的夜晚

3

猫像看着湖水一样

盯着一盆水看了半个小时

4

猫蹲守着水龙头哗哗的流水声

指望那里面有鱼流出来

这使猫更接近哲学

5

猫喜欢温暖的被窝
总是把被窝看成
能挤出奶水的母亲

因为柔软的一切
蕴藏着母亲的可能性
蕴藏着奶水的可能性

当然，虽然猫没有受过任何训练
一岁时也能做妈妈

6

猫爱睡在阳光里
并使阳光更像阳光

阳光下的猫
看上去像长着四只脚的阳光

晒在大地上的阳光

因此就是洋溢在天地间的巨大的猫

7

我们永远不知道

猫在夜里都做了些什么

就像你不知道

你家的花园在夜间

有没有出去跟别的花园幽会

8

猫的每只脚上都系着一个"夜"

当猫轻轻走动

你会看见四个"夜"

在地板上走动

9

猫不笑

因为笑会背叛自己

猫不哭

因为泪水会变干

10

猫渴望自由

但猫并不知道自由有什么用处

就像三个月大的婴儿
拿着一枚硬币
并不会去乘公交汽车

11
狗的忠诚是一座山
猫的忠诚是深渊

主人趴在深渊的边上
并不能看到下面有什么东西

12
在猫看来
汉语和英语的差异
不过是一个长方形和另一个长方形的差异

但猫明白
叶子不是鱼
鱼却是哲理

13
巴比塔之后

上帝忘了"变乱"它们的语言

   14

德语的猫

汉语的猫

法语的猫

在同一个平衡木上舔毛

   15

窗外的那只鸟

并不知道自己有多么重要

隔着玻璃

一只鸟

让欲望的湖水

在猫的体内漾起

一圈一圈的涟漪

   16

走在花园里

猫用鼻子赞美春天

气味的图画

色彩斑斓

17

猫

反复地操练一种错误

总能

抵达正确的目的地

猫一定要把谬误变成真理

18

猫并没有把人类变成奴隶的原计划

是人类自己乐呵呵地变成了猫奴隶

猫不变

猫让你变

因为猫生活在一万年以前

19

别告诉猫，你很爱猫

当猫盯着窗外的一只鸟儿看的时候

其实那是向往自由的一种修辞

20
但猫并不需要你提供的自由

猫要
自己争取自由

在笼子里
猫已经把"自由"的算式验算得烂熟

在猫粮和自由之间
猫首选自由

21
在你离家三天期间
他们已经
去过波斯
去过加尔各答
去过丛林
去过巴伐利亚

只是你不知道

22
猫从空中坠下

一朵盛开的花

## 23

所有的人

都是残缺

所有的猫

全都完美

## 24

不是人养猫

而是猫养人

## 25

猫，其实是一种植物

房子如花盆

猫被"栽"在里面

## 26

你总在思想

这注定

你会输给猫

27

猫睡了

像一万年前一样睡着


在睡和醒之间

有一条非常模糊的波浪线


28

天一黑

猫就融化了


夜色中的猫

海水里的鱼


29

猫从来没有在神父那里学过忏悔


30

让它流浪

让它回到丛林

让它成为丛林里的一片叶子


31

夜深了

猫和夜一起醒着
像一万年前那样

夜,是一个庞大的帝国
唯一能攻陷它的
不是恺撒
是猫

# 后　记

　　这是我的第七本个人诗集，此前的六本集子是《西茉纳之歌和七首忧伤的歌》（英文诗集，2005，英国）《被翻译了的意象》（中文诗集，2009）《狄奥尼索斯在中国》（中文诗集，2010）《迷失英伦》（双语诗集，2010）《一个学者诗人的夜晚》（中文诗集，2013）《五叶集》（双语诗集，2016）。

　　收入这本诗集的一百多首诗主要写于 2013 年到 2018 年，但也有少数几首为更早时间所写但未收入上述已经出版的诗集的，是我从旧稿中"挖掘"出来的。正如我在自序中所说的，我这几年写得比较慢，比较少，一年写不到 100 首；而一首诗从写成到发表，通常要经过三到四年的时间，所以总有很多旧稿压在那里，其中有些则可能会被我最终放弃。

　　编一本个人诗集，对一个诗人来说是一次自己对自己的宣判，就是审视自己过去几年所走过的路，就是像一个农民站在打谷场上一样，检视这个收获季的谷子是否饱满。一首诗发表出去，就有如一只放飞的鸟；它究竟能飞多远，并不是诗人自己能确定的。

　　我现在所能做的就是把下一首诗写好。

义　海
2019 年 2 月 19 日元宵节